KB181900

배꽃 편지

박상하 시조집

국학자료원

작가의 말

저는 조선시대 과거시험에 마지막으로 진사 급제하신 외조부(鄭宇漢字豊 선생)의 슬하에서 4년간 한문을 배우다가 해방이 된 다음다음 해인 1947년 10살 때에야 보통학교에 입학하였습니다. 왜냐하면 "일본 놈의 교육을 받으면 안 된다"는 외조부님의 지엄한 가르침 때문에 학교교육(신식교육)을 받을 기회가 늦어졌던 것입니다.

한문 공부가 바탕이 되어 초, 중등학교 과정은 더 배울 것이 없을 정도였으며, 특히 국어 과목은 한문 공부하던 방식으로 교과서를 거의 외워 버렸고, 고향의 임곡중학교를 거쳐서 광주사범학교(시골중학교를 나와서 광주사범학교에 들어가기는 하늘의 별따기였다고 인근에서 칭찬이 자자하였음)에 다닐 때에는 국어교과서에 나오는 고소설 심청전, 민태원의 청춘예찬, 정비석의 산정무한, 최남선의 독립선언서 등은 지금도 잊지 않고 외울 정도입니다.

사범학교 시절에는 신문배달, 가정교사 등을 하면서 고학을 했고, 취미로 시조 2000수 모음집과 김소월의 「진달래 꽃」 등 여러 시집을 외우면서 고학의 서러움을 달래었습니다. 이때에 저는 문학의 꿈을 키우게 되었고, 우리 시조의 매력과 멋과 맛에 흠뻑 취한 것입니다. 사범학교를 졸업하고 교육계에 입문하였는데, 그때에도 주어진 교사로서의 직분

(청출어람)에 충실하면서 간간이 시와 시조공부에 열중하였습니다. 저는 40여 년간 교직에 근무했는데, 저의 전공인 체육교육에 힘쓰면서도 문학에 대한 미련을 버리지 못했던 것입니다.

정년퇴임을 한 후 2005년에는 문병란 교수님을 만나게 되었고, 이러한 인연으로 해서 문병란 교수님의 추천을 받아 『문예시대』제45회 신인문학상에 자유시로 등단하게 되었습니다. 그 후 전남대학교 평생교육원에서 5년 동안 기초반 과정 및 심화과정을 이수하였습니다. 그러나 자유시는 개념파악 조차도 아리숭한 형편입니다.

시조시는 사사받은 일도 수강해본 적도 없었지만 혼자서 열심히 습작하다가 2006년 이남수 박사님의 소개로 월간 『한국시230호』의 신인문학상에 시조시로 등단하였습니다. 그 후 본격적으로 시조시단에 발을 들여 놓게 되었는데, 한국 시조사랑시인협회에도 가입해서 활동하였습니다. 그러다가 2014년 6월 초 한국시조사랑협회와 중국의 길림사법대 간에 국제교류 협정을 맺게 되었고, 그 협정에 의해서 중국을 방문하게 되었는데 그 기간 5박 6일 동안 원용우(일명;원용문)교수님과 룸메이트 생활을 하게 된 것입니다. 이러한 만남이 인연이 되어 그분에게 시조에 대해서 가슴에 와 닿는 지도를 받게 되었고, 이번에 발간하는 시조집도 세상에 나오게 되었습니다. 본 시조집이 세상에 빛을 볼 수 있도록 지도해 주신 원용우 교수님께 진심으로 감사 말씀 드립니다. 아울러 본 시조집을 예쁘게 꾸며 주신 국학자료원 정찬용 원장님과 정진이 대표님께도 감사드립니다.

특히 이강녕 이사장(사단법인 한국시조사랑시인협회)님께서 이 책의 서문을 써주시고, 원용우 명예 이사장님께서 이 책의 작품해설을 써주시는데 대해서 기쁜 마음 이루 헤아릴 수 없습니다. 덕택으로 제 시조집의 격이 한층 격상될 것으로 믿습니다. 본 시조집은 또한 저의 외조부님께 어려서 받은 항일투쟁의 애국정신과 가정교육이 밑거름이 된 것입니다. 저의 정신적 뿌리가 되어 주신 외조님께 큰 절을 올리면서 이 시조집을 외조부님과 저의 부모님의 영전에 바치옵니다.

단기 4248년(서기 2015년) 5월
나주 노안 누거에서
박상하 올림

인품의 향기와 깨달음의 순수 미학

이 광 녕 (문학박사, 한국시조사랑시인협회 이사장)

　이 시집의 저자 창암(蒼岩) 박상하 선생님은 필자와는 각별한 관계다. 비록 그리 오랫동안 교분을 나누어 온 관계는 아니지만, 같은 교직 경험자의 선배님으로서, 또 시조사랑협회 일을 통하여 동고동락을 거듭해 오면서 큰형님 같은 구수한 인품으로 필자 앞에 다가오신 정겨운 분이시다.

　창암 시인님은 뭇 시인들에게 달관한 선비 같은 초월적인 자세로 인품의 향기와 깨달음의 계기를 마련해 주시는 훌륭한 작가이다. 그간에 보여준 인간적인 면모와 베풂의 모습은 "자비와 덕망을 갖춘 이 시대의 모범 선비상"이라 해도 과언이 아니다. 그러기에 이번에 출간되는 박상하 시집 <배꽃 편지>는 오늘을 살아가는 이들에게 진솔한 사랑의 교훈과 깨달음의 이치를 던져주는 인생 지침서이다.

　창암 시인님은 45년간 한결같이 교편생활을 하시다가 교장직으로 정년퇴직을 하시었으며 황조근정훈장 등 무려 37회의 교육공로 수상을 하신 교육계의 큰 공헌자이시다. 이러한 오랜 교육 경륜으로 다져진

오붓한 교육철학과 인생관이 작가의 시편 여기저기에 알알이 새겨져 있다. 그래서 작가는 지나온 인생길을 되돌아보면서, 「채근가(採根歌)」를 통하여,

　"팔십 고개 인생길에 / 산을 넘고 강 건너니 // 마음으로 파고드는 / 무지개꿈 피어온다 // 황홀한 그 꿈을 위해 달려가던 나그네여."라고 회한을 읊조린다.

　우리가 살아가는 인생은 언제 어디서나 가시와 엉겅퀴가 널려 있는 잡초밭이요 지뢰밭이다. 잡초밭이기에 각종 혼탁한 비리와 부조리가 우리를 어지럽히고, 지뢰밭이기에 여기저기 위험과 위기가 도사리고 있다. 이러한 환경과 역경 속에서 우리는 어떻게 견디고 극복해 나가야 할까?

　창암 시인님은 이러한 현실적 난제들을 평소 그가 다져놓은 생활신조에 따라 '정도(正道)'라는 인생의 용광로 속에 녹여서 그의 시적 역량으로 우려내고 있다. 창암 작품세계의 밑그림은 전통정신의 계승과 본향의식의 바탕 위에, 현실적 고뇌들을 심오한 선(禪)의 경지로 끌고 나가 그것을 달관자의 안목으로 승화시킨 모습이다.

　창암의 작품세계가 갖는 커다란 물줄기는 효용성(效用性)과 교훈성(敎訓性)이다. 요즘 젊은 작가들에게서는 찾아보기 힘든 충효사상(忠孝思想)까지 강조하며 미래의 창조적 소망에 초점이 맞추어져 있다.

　미국의 비평가 에이브람즈(MH.Abrams)가 말한 시 감상의 관점으로 가늠한다면, '표현론적 관점'보다는 '효용론적 관점'의 경향이 강하다. 그래서 작품세계의 사상적 배경이 다분히 소위 '사무사(思無邪)'의 틀에 재도적(載道的) 문학관의 색채를 띠고 있다. 먼 곳을 바라보지만 현실적이요 선비적 인품의 향기에 교시적(敎示的) 시풍의 경향이며, 서책으로 말한다면 교훈성이 강한 '채근담(菜根譚)'이다.

이 시집에 드러난 또 하나의 특징은 불교적 인과업보(因果業報)와 중생 인연(因緣)을 중시했다는 점이다. 전통정신과 계승정신이 양대 축을 이루면서 뿌리를 강조하고 자손의 번창과 인과의 원리를 여러 시편에서 토로하고 있다. 그리하여 「선무랑 彦信 찬가」에서는, "뿌리 없는 나무 없고 조상 없는 자손 없다"라고 미래 지향적 의지와 자손 번영에 대한 애착을 드러내면서 인과업보의 원리와 '순천(順天)'을 강조하고 있다.

무위자연을 근본으로 공생보시를 하며 선(禪)의 경지에서 자아성찰을 통하여 정통성을 이어받고 중생 인연과 불교적 선의 경지에서 주옥같은 깨달음의 정서를 창출해 내는 것이 창암 시인님의 작시 스타일이다. 그래서 정통의 궤도를 따라 세상에 은혜를 끼치며 초월적 자세로 바른 생활을 지향하는 것이 그의 행복론이다. 이러한 작가의 품성은 「육신과 영혼」, 「선비의 혼」, 「채근가」, 「행복」, 「불에 탄집」, 「피서」, 「순천」, 「삶의 무게」 등 여러 곳에 잘 나타나 있다.

이 시집 <배꽃 편지>는 순수한 작가의 본향의식을 잘 그려낸 자화상(自畵像)이다. 전편에 걸친 시상 전개의 양상으로 보아 창암 시인님은 인생 경륜이 맑고 두터워서 추론과 사유의 깊이가 남다르다. 그러기에 행복론에 따른 삶의 무게도 일체유심조(一切唯心造)요 마음 한번 바꾸면 지옥도 천국이라고 역설한다.

창암 시인님은 겸양과 담소가 마치 득도한 도인(道人)과 같다. 상선약수(上善若水)와 같은 낮은 자세로 두 손을 모으고 진지하게 사람을 대한다. 그러기에 시인이 추구하는 삶의 자세는 늘 겸양(謙讓)이요 순천(順天)이요 무리가 없고 깨끗하다. 공명(功名)도 내려놓고 노욕(老慾)도 내려놓고 열린 마음으로 오로지 달관의 경지에 들어가 삼라만상의 섭리와 진리를 꿰뚫어보는 작가의 깨달음의 심안(心眼)이 구릿빛으로 떠올라 영롱하기만 하다.

독자들의 입장에서 본 이 시집의 특징은 파란만장한 역경 속에서 걸러낸 올곧은 인생관의 제시다. 험난한 가시밭길 속에서 그것을 지혜롭게 극복해 나가는 처방과 지침이 이 글들 속에 숨겨져 있다.

　　이 해맑은 한 권의 시집이 사표로서의 귀감이 되고, 어두운 현실을 비춰 주는 인생의 참등불이 되어 주길 바란다.

2015년 4월 28일, 효봉재에서

차례

제1부 만경강

제2부 인생무상

제3부 고향 찾아 가는 길

제4부 배꽃편지

제5부 육신과 영혼

해 설

제1부

만경강

끝 없이
깊은 사랑은
깊이 모를 모정이여.

금강 발원 뜬 봉 샘

푸른 산골 안개 덮어
신선의 집 만들고

무주산골 하늘땅이
서로 만나 사랑하다

열락의
씨앗을 뿌린
금강발원 뜬 봉 샘.

장백산은 대한(大韓)의 혼(魂)

대조영 말달리던 우리 옛터 장백산을
오늘에 올라보니 유월에야 새잎 돋네
아무리
살펴보아도
대한 사람 닮은 산.

장백산 신단수에 나라새운 단군왕검
가락같이 울창한 자작나무 숲속에서
하늘 문
열어젖히니
역사가 시작되고.

장백산 천지에서 단군의 혼 솟아올라
자신이 일군 땅을 빼앗겼다 호령 한다
죄 없는
풀과 나무도
벌벌 떨고 있는 모습.

무주구천동

한 여름 폭염 속에
구천동 계곡물이

천상의 노래 불러 홀린 듯
찾았더니

꿈속에
자주 보이던
낙원이 여기였네.

무이(武夷)산

대장군이 활 멘 형국 위엄도 장엄 쿠나
바위타고 고개 넘어 칼날 능선 하늘 뚫는
장군의
무서운 화살
온 천하가 숨죽이네.

무이산의 품에 안긴 오붓한 저수지 옆
성뫼의 우듬지는 신선님 네 노닐던 곳
그 님 들
아니 보이고
억세 풀만 우거졌네.

독도에서

여명의 동쪽하늘 붉으레 약동친다

희망이 솟아오른
독도의 아침바다

새로운
힘이 생긴다
불끈 솟아 오른 태양.

수평선 저 너머에 나타난 그림자는

안용복 장군 혼신
시퍼런 칼날이다

아배의
못된 망언을
잠재우는 칼날이다.

통일 전망대에서

여명의 맑은 기운 떠 오른다 북녘하늘

아름 들이 큰 거목의 형체가 떠 오른다

꿈꾸던
통일의 염원
가슴열고 떠오른다.

해미읍성 清虛亭에서

잡된 생각 버리고 마음 맑고 깨끗 하라

적송들이 옹기종기 마주보며 다짐 한다

우리도
청허한 마음
평생토록 지니자고.

장흥 億佛산 중턱에서

눈세계 하얀 길은
노루 토끼 지나는 길

바람바람 따라가니
선禪세계가 펼쳐진다

초로草露의
인간세계에
이런 곳도 있었네.

금오산

아기자기 금오산 금강산아 저리가라

양쪽 바다 칼날 능선 걷고 걷는 그 스릴은

선녀가
나비 옷 입고
춤을 추는 그 맛이다.

화림계곡*

흘러가는 비단물결 화림계곡 수놓고
경문정에 배현경은 충효정신 일깨운다
녹수야
흐르지 마라
충신열사 올 때까지

장만리* 붉은 충심 동호정에 깃들었고
일두 키운 화림계곡 군자정*이 일러준다
오늘도
화림계곡은
꽃이 피고 새가 우네.

* 화림계곡 : 남계천이 흐르는 경남 함양군 안의면과 서하면에 걸쳐있는 계곡
* 장만리 : 임란 때 선조임금을 등에 업고 산천 길 수십리를 달려간 애국자
* 군자정 : 조선 성리학 5현의 한분인 일두 정여창을 기린 정자.

주암 절개

주암댐 지나는 길
방긋 웃는 백일홍이

서재필 동상 향해 주암 절개 외친다

그 소리
응답 하는 듯
일렁대는 푸른 물.

보령 성주산 오르는 길

높은 산 굽은 노송
하늘을 가려섰고

등산객 쉬어 앉은
너덜 바위 이야기 꽃

사람들
하나하나가
돌부처 같이 뵌다.

만경강

만경강 굽이굽이
뻗어가는 용틀임은

오곡백과 산천초목
품어 기른 어머니

끝없이
깊은 사랑은
깊이 모를 모정이여.

하늘 땅 오랜 세월
바람 소리도 들으면서

동학란 민중들의
그 함성도 새기었네

그 역사
가슴에 품고
흘러가는 저 강물.

월출산의 정기(精氣)따라

월출산이 다가온다
한옥마을 향해서

대월촌 차밭에서
초의선사 환생하여

차 한 잔
마시자 하네
정성들인 설록차.

산중야경(山中夜景)

달빛은 휘영청 시방세계 비춰오고
산들은 검푸르게 우쭐우쭐 솟아온다

사람은
아니 보이고
귀신만 분주 하네.

산들바람 스쳐 와서 살갗을 간질이고
달빛 품은 나뭇잎들 우슬우슬 속삭일 때

야삼경(夜三更)
이름 모를 새소리는
짝을 짓는 밀어일까.

무등산 4계절(季節)

봄.
봄이 오면 유난히도 행복하게 보이는 산
꽃이란 꽃 나무나무 무도회에 나서는가

이제 막
장원급제한
도련님 보는 것 같다.

여름.
여름이면 하염없이 쏟아지는 햇살 맞아
하늘에 닿는 열기 무등산은 힘이 났다

염(炎)장군
반가히 맞아
초록세상 만들고.

가을.
하늬바람 불어오니 무등산은 꽃단장
울긋불긋 물든 단풍 무지개로 단장하니

신께서
내리신 선물
알밤 튀어 나오고.

겨울.
동(冬)장군 쳐들어와도 끄떡없는 무등산
더욱 더 늠름하다 큰 바위의 얼굴이다

새하얀
이불을 덮고
행복한 꿈꾸시네.

지리산에서

정령치 고리봉은 바래봉을 안내하고
새걸산 새동치는 벼랑풍광 멋 떠는데

바래봉
손님 맞으러
철쭉으로 단장했네.

지혜로운 반야봉은 구름 옷을 걸쳐 입고
환호성(歡呼聲) 토해내는 신령님의 바람따라

햇살은
오색 붓 놀려
지리산에 수 놓네.

말도 많고 험도 많은 요지경 속 세상을
지리산 반야봉이 쓸어안고 다독이니

여기서
나의 여생을
유유자적 해 볼거나.

8월의 무등(無等)

골골마다 물소리는
푸르름을 경쟁하고

어서오라 손짓하는
서석대의 큰 얼굴이

오는 이
가는 이에게
행복을 선사한다.

용봉산 상봉의 나무

상상봉 바위위의
모진생명
나무뿌리

등산객의 발에 밟혀
반들반들
닳았는데

짓밟혀
숨이 막혀도
살아남은 우리 민족.

문경 조곡관(鳥谷關)에서

물소리는 콸콸콸
장송長松숲은 하늘 덮고
오르는 길 구비마다
곳곳에 쌓인 돌탑

하늘로
올라가는 길
과거 보러 가는 길.

전라도와 경상도의
사투리가 뒤 섞인 곳
남과 북 영 호남의
편 가르기 떠 오른다

희망의
등불 들고서
불 밝히며 가는 길.

망장포 풍경

제주도에서

망장포 어스름에
흰 갈매기 나르는데
눈 모자 쓴
한라산의 품에 안긴 촌락들

한 폭의
그림 같구나
볼수록 아름다운.

하늘 날던 갈매기
무슨 변고 생겼길레
제방뚝에
내리더니 귀귀－귀 논의 한다

그들이
주고받는 신호
무슨 문장 부호 일까.

금강산 신선대

용용한 신선봉이
흰 구름을 꿰어 뚫고

깊은 계곡 안개 속에
풍경소리 그윽한데

장삼 옷
걸친 스님은
먼 하늘 가리키고.

금성산 찬가

금성산 허리 뚫고 오고가는 차량행렬

하양초록 노랑 보라 갖가지로 드나든다

그 무슨
숨겨진 사연
가득 싣고 달리는가.

흰 구름 비단구름 하늘 둥둥 떠가고

금성산 팔각정은 창공 높이 팔을 벌려

지금 막
날아오를 듯한
백학의 모습이다.

녹색으로 단장한 금성산 줄기 따라

여기저기 열린 마을 천년영화 품에 안고

오늘도
그 영화 이루려
잠든 혼을 깨운다.

금성산 찬가

박상라 작시
오준영 작곡

영남 제삼문(第三門)에서

옛 선비 넘던 고개
그 때 그 고개인데
그때 인심 지금 와서 상전벽해 웬 말이냐

갓 쓰고
도포 입고서
지나가던 제 삼문.

돌덩이 하나에도
선열 혼이 서려있고
푸른 숲 그늘에도 선렬 흔적 묻어 난다

구름도
지나는 바람도
옛 음율을 들려 주네.

자연의 은혜

푸른창공 흰 구름은
푸른 산이 받쳐주고

뒷동산 솔바람도 너른 벌판 품어 안네

자연은
우리의 터전
어머님의 품이어라.

망망한 바다 속을
땅이 튼튼 받쳐주니

수중에서 지상에서 온갖 중생 살아간다

자연은
우리의 은인
먹여주고 입혀주네.

푸른 물결 바다 속도
중생*들의 보물창고

수중이나 지상이나 중생들의 식량 창고

먹거리
입을 거리를
대어주시는 그 은혜.

사시사철 때 맞춰서
안아주고 품어주고

우순풍조 혹한 폭염
그 속에 숨은 뜻도

꽃피고
새 우는 것도
우리 위해 있는 거다.

* 중생(衆生) : 살아 있는 생명체를 의미하며, 인간을 포함한 생명을 지닌 모든
  존재를 말함.

저녁 놀

구례 구역 지나는데
저녁놀이 황홀하고

섬진강 백사장이
푸른 물결 꽃피워서

석양의
오색찬란한
천국세상 만들었네.

제2부

인생무상

그 고개
다 넘었는데
흰 구름만 보이네.

인생무상

걸으면 앉고 싶고 앉으면 눕고 싶다

인생길 가다보면 높은 재도 많건마는

그 고개
다 넘었는데
흰 구름만 보이네.

교통사고

그 순간에 어쩌랴
요행 믿고 바꾼 차선

뒷 차가 앞지르니
저승사자 덮쳐 왔네

이따금
날벼락 치는 것
그 의미를 알겠구나.

풍년

건너편 저수지는 넘실넘실 웃음 짓고
깊은 산골 푸른 솔은 금년농사 지켜보며

안 먹고
바라만 봐도
배부르다 노래하네.

콸콸 콸 물소리에 산중논벼 잠을 깼다
배동바지 산고 잊고 일제히 출수하여

주인님
가꾼 노고에
연방 큰절 올리네.

유명한 시인들

시 속에 욕이 들어
유명인사 되었다 네

유명한 시인들은 생각이 엉뚱하여

산이면
금강산 같은
불후명작 빚었다네.

종친회장(宗親會場)

자식으로 태어나서 그 대를 이어받고
또 다시 그 후손이 족보로 이어 진다
온 누리
영원무궁토록
대를 잇는 후손들.

천지간 가장 귀한 인간으로 태어나서
대를 잇지 못한다면 인간이라 하겠는가
귀중한
사람구실은
대를 잇는 일일세.

독불장군

담양대나무 밭에서

혼자서 똑 바르게
홀로서서 자랐을까

바람 불면 의지 없이
혼자서는 못 살리라

덩굴도
얽혀서 살고

뿌리도 얽혀 산다.

한일 전 배구

아슬아슬 순간 방심 칠대일로 지고 있네
가슴에 태극 달고 뛰고 있는 저 선수

힘차게
때리는 공이
상대 허를 찌른다.

어느 순간 구대 사 신이 곡할 그 찰라
운명이냐 실력이냐 한일대결 만큼은

오로지
전진뿐이다
승리의 깃발 들고.

역사의 증언

우리역사 끈질김을 보여주려 나왔구나

맷돌사이 구멍으로 솟아나온 대(竹)잎 줄기

절개의
상징이로다
나라 위해 목숨 바친.

가정파탄을 보면서

기인 시간 끌어 바쳐
일궈놓은 삶의 터전

부부불화 못 견디고
가정파탄 웬일이냐

바다를
저어 가던 배
두 동강이 났구나.

선비의 혼

가로수로 성장하는 소나무가 예술이네
안개 낀 허공중에 늠름한 그 자태는

영암골
선비정신이
응신하여 나오네.

채근가(採根歌)

희망 부푼 청춘들아
소중한 꿈 잊지 마라

한번 지난 그 세월은
다시 오지 않는 것을

늦가을
풍성한 사과
바라보며 살아가자.

한 평생 인생길이
지루한 듯 번개 같네

자고나면 하루 가서
쌓이고 쌓인 세월

하늘의
흰 구름 같네
돌아보면 사라지고.

팔십 고개 인생길에
산을 넘고 강 건너니

마음으로 파고드는
무지개 꿈 피어온다

황홀한
그 꿈을 위해
달려가던 나그네여.

채 근 가

박상하 작시
오균영 작곡

행복

눈세계 평원에서
재롱떠는 아기 곰

흰 눈이 노리개요 이불이며 요람이다

만면에
웃음을 띄고
혼자 좋아 춤춘다.

갈매기와 흰여우가
순록과 놀고 있다

남극바다 백곰들은 저리도 행복할까

더 이상
부러운 것 없네
찬란한 아침 해살.

불에 탄 집

4차선 선로 변에 불에 탄 집 서너 칸의

앞뜰의 감나무는 시래기 무 걸고 섰다

그 몰골
흉측 하여라
전생에 지은 업보.

불에 탄 집 서까래에 새 몇 마리 날아 앉아

여기저기 기웃거려 양식을 찾았는지

행복을
나눠 먹는다
불탄 집도 집인지.

피서

시원한 그늘아래 지팡이 던져두고
흐르는 산골 물에 발 담구고 세수하니

신선이
따로 없구나
내가 바로 신선일세.

석산을 파다생긴 푸른 물 웅덩이에
바람이 지나가고 구름이 흘러 간다

물처럼
살고 싶어라
파르랗고 맑은 물.

심심산골 깊은 골에 용왕님이 떠난 곳에
시원한 바람일고 하얀 구름 걸쳐있다

푸른 물
깊은 웅덩이는
원형이정 노래하고.

소실점

소실점을 바라보면 끝까지 가고 싶다
한 없이 달리다가 그 끝에 다다르면

또 다시
연속되는 인생
어디론가 달려가고.

소실점 끝에 가서 그리운 님 찾고 싶다
어둠 없는 밝은 빛만 넘치는 그 곳에서

그 님과
소실점 따라서
나란히 동행하고.

벌초

비탈진 언덕 향해
예초기로 뚫린 길을

주렁 짚고 올라보니
천애 절벽 막바지에

조상 묘
두기가 앉았네
양지바른 명당 터.

하늘이 내린 효심
그 누가 막을 손가

잡초를 뽑아주고
잔디를 깎아 줬네

이발을
하셨나 보다
단정하고 깨끗한 모습.

박찬구 교장 분향소에서

기어이 가셨구려 가서는 안 되는 길
그 길은 눈물의 길 슬픔의 길입니다

향내는
진동하는데
말 없는 영정 사진.

한 없이 인자하셨던 그 모습이 그리워서
눈 감고 고개 숙여 생전모습 떠올리니

아미타*
극락정토*에
왕생하실 님이시여.

* 아미타 : 정보삼부경 중 [무량수경]에 나오는 부처님.
* 극락정토 : 악한 것이 없고 생로병사를 비롯한 모든 괴로움이 없으며, 오직
　즐거움만 있는 세계로서, 생사윤회하는 삼계를 뛰어 넘은 영원한 낙토.

사람이 사람 답자면

사람이 사람 답자면
행동이 따라야지

말로만 앞장서면 아니함만 못할지니

물처럼
살다 가거라
강물처럼 살거라.

보리순

눈 속에서 더 푸르게
사랑 품은 보리 순

혹한도 녹여내는 보리 순이 위대하다

어머님
지극한 사랑이
보리 순에 녹아있네.

일반 폰을 스마트 폰으로 바꾸면서

너는 이제 오늘 나와
인연이 다 했구나

십여 년간 함께 했던
너와 나의 사연들이

추억의
책갈 피 속에
하나하나 끼어드네.

구두

아내는 구두 보며
거지같다 하건마는

때워 신고 기워 신고
발편하면 제일인 데

날 위해
온몸 바치는
나의 아내 같은 구두.

내 마음

바람이 불어와서
출렁이는 수면위에

햇살이 만들어 준
황금보석 황홀함도

손에는
잡히는 게 없네
한 바탕 꿈이런가.

수면이 거울처럼
맑다는 건 거짓 말

아무리 보고 봐도
잔물결은 일고 있네

내 마음
수면위에도
잔물결이 이는 걸까.

열녀

만화방초 제각기들
흐드러져 피건마는

외딴 산골 깊은 골에 백일홍 홀로 피어

천지인(天地人)
깊은 지조를
새빨갛게 내뿜네.

영겁 세월 흘러가도
변함없는 붉은 지조

만인의 가슴 마다 깊이깊이 스며들어

고귀한
붉은 넋만은
가신님을 사모하네.

인생 길1

어제 걷던 지난 길이
오늘 보니 딴길 됐네

어제 걷던 그 길은
요지경 속 이었었네

때로는
비가 내리고
바람부는 험한 길.

가난

양력 삼월 음력 정월 12. 27* 모진 바람
햇살은 찔끔찔끔 바람피해 숨어들고

아무도
오지 않는데
찾아오는 불청객.

아침 굶고 점심 굶어 방안은 냉돌이고
바람은 불어불어 까댁이가 요란해도

이대로
주저앉아서
돌부처가 돼야하나.

앞문뒷문 부엌문이 바람에 벌벌 떨고
추위가 엄습해도 난로마저 못켠 가난

나아 질

기미가 없다

앙상한 나뭇가지.

* 12. 27 : 고학시절 음력 정월 설 지난 어느 날 12시 27분경에 겪었던 경험, 병
든 몸에 홀로 외로운 객지에서 물 한 모금 못 마신 상태에서… 생 · 노 · 병 ·
사 12인연 27가지 모진 고통과 번뇌를 작자가 형상화해서 암호화했음.

사랑 꽃

괴로운 마음에도
사랑 꽃이 피어나면

지옥불도 시원쿠나
천리 길도 지척이네

산이나
들에는 피지 않고
마음에만 피는 꽃.

삶의 무게

펄펄 날던 젊었던 몸 칠천 근 팔천 근

시나브로 스며든 세월의 무게 싣고

가는 곳
모르면서도
무거운 짐 지고 간다.

아침해 떠오르는 새 세상을 보았네

마음 한번 바꾸면 지옥도 천국인데

마음도
바꿔 보리라
생각도 바꿔 보고.

부부

억겁의 인연 따라
부부가 되었네

두 몸이 한배 타고 세파를 헤쳐 가네

한 마음
등불을 켜서
서로를 비춰주네.

제3부

고향 찾아 가는 길

친구들
어느 하늘아래
할배 되어 살아갈까.

귀향(歸鄕)

살랑 살랑 부는 바람
흰 구름 타고 가네

푸른 청산 넘고 넘는
고향 소식 궁금해

마음은
먼저 가 있어
문안 인사 여쭙고.

순천(順天)

산천이 순천이네
산 골골 물 차르르

푸른 물 풍요로 와 여기가 낙원 일세

꿈에도
그리는 고향
천명에 따라 산다.

화장(化粧)

그리운 정 잠재우며 기려두고 모시는 님
연지곤지 붉은 입술 정든 님께 바치려고

이처럼
예쁘게 꾸미고
염화미소 지어본다.

가이없이 그리운 님 외오두고 괴이려고
눈썹아미 단장하여 단아한 이 모습을

아침에
보여드리고
또다시 보여 드리고.

행여나 들킬세라 고이 숨긴 붉은 순정
님께 만 고이고이 온전히 바치고자
아무도
알지 못하게
가슴 열어 보입니다.

고향 찾아 가는 길 1.

부모님이 그리워서
꿈속을 헤매다가

황시리 젓 동이 인 어머님을 보았네

반갑게
달려갔지만
눈물만 흘리시네.

기차내려 버스 타고
걸어서 가는 길 위

한참을 산속으로 깊이깊이 들어 갈 때

산새들
들려주시네
아름다운 청산별곡.

산 넘고 고개 넘어
고향길이 나타난다

깨 벗고 목욕하고 작대기 말을 탔던

친구들
어느 하늘아래
할배 되어 살아갈까.

온 벌판 오곡백과
옹골지게 열매 맺고

가을바람 호시절에 천고마비 여실하고

동구 앞
느티나무가
마중 나와 반겨주네.

고향 찾아 가는 길 2.

시냇물 흐르다가 수문통에 잠시 멈춰
여기저기 목마른 벼 잠시 동안 살피고서

풍년을
예약하려고
찾아 가는 물줄기.

한적한 태인 마을 돌담길 구불구불
흑석산 품에 안겨 풍광은 수려하고

어디서
본 듯한 그림
마음에 간직한 그님.

선산마다 성묘객이 고향 찾아 수놓으니
조상님도 오늘만은 함박웃음 만개하여

자손들
만세 창성을
빌고 비는 한가위.

살아생전 우리엄마 저승서도 변함없이
새벽마다 정화수를 칠성단에 바쳐 올려

이 아들
소원성취를
빌고 빌며 계실까.

오솔길 돌고 돌아 한 없이 가 봤더니
막다른 산골에는 묘지동네 옹기종기

서로들
왕래하는지
사이좋게 지내는지.

고향 집에서

개나리 매화꽃이 봄소식 전해 온다
복숭아 살구꽃도 배시시 눈 뜨는데
어머님
쓰시던 장독대
적막감만 감돌고.

눈보라 치던 혹한 어느 틈에 몰아내고
언땅을 녹이고서 어린 풀잎 돋아 난다
아버님
쓰시던 연장
헛간에서 잠들고.

세월가고 백발 돼도 변치 않은 마음 고향
바람서리 모질어도 포근하던 고향 땅은
세파의
모진고통도
감싸주던 부모마음.

내 아들

자식 낳고 키웠으면
여우 살이 시킨 후에

부모본분 하는 건데
나는 왜 이러는 고

내 자식
아들 놈 들을
언제 결혼시킬 꺼나.

개짐승도 짝을 짓고
비둘기도 짝짓건만

내 아들은 어쩌다가
외톨이로 살고 있나

내 아들
결혼시켜서
손자 볼 날 언제 올꼬.

봄

벗 꽃 만개하니 세상이 훤해진다
봄바람 살랑 부니 벗꽃 먼저 춤을 춘다

꽃피고
새우는 계절
짝 부르는 소리도.

시냇가에 실버들 연록 옷 입어가고
땅속의 개구리는 소식 왔나 엿 듣는다

산에는
산유화 있고
들에는 순이가 있고.

길가의 가로수도 제철 났다 부산떤다
아지랑이 퍼져 오른 아스라한 저산 밑에

꿈속에
그리던 고향
봄을 타고 달려간다.

부인

새벽부터 밤중까지 오십 여년 한결같이

땅 일구고 농사지어
오남매를 키워 낸 몸

새내기
이팔청춘이
하얀 보살 되었네.

자식자랑

어떤 사람 팔자 좋아
출간서두出刊序頭자식자랑

이내 신세 기구하여 자식 말엔 쥐구멍

복 중에
가장 큰 복이
자식 복이 아니던가.

자손

사람으로 태어나서
부모대를 이어받아

또 다시 부모 되어
영원히 이어 간다

흐르고
다시 흘러서
또 흐르는 그 강물.

천지간 가장 귀한
인간으로 태어나서

인간답게 못 산다면
인간이라 하겠는가

귀중한
자손 구실은
마음공부 최선이 데.

며느리의 한

양반 댁 큰 며느리
시집살이 끝이 없네

눈물로 보낸 한을
무엇으로 풀어낼까

바느질
하는 밤이면
그 바늘에 찔린 아픔.

그 며느리 살던 곳에
해는 지고 달이 뜰 때

달빛 속에 홀로서서
달을 보며 울었다네

며느리
처량한 눈물
강물 되어 흐르네.

자식 농사

금년 농사 실패하면 명년에 짓겠지만
자식농사 잘못하면 돌이킬 수 전혀 없네

버스가
떠난 후에는
손 흔들어야 소용없다.

어쩌다가 내 자식이 고민 속에 헤매는가
해 보면 되는 것을 뭐가 그리 어렵더냐

얘비가
대신할 수 있다면
지옥에도 갈것 같다.

자나 깨나 자식생각 잘되기를 빌고 비는
간절한 이 심정을 내 아들은 왜 모를까

아들아
봄날에 씨 뿌리면
가을 수확 풍성하리.

자식 사랑 1.

이 세상에 태어나서 한 번 살다 가는 인생
하루 가고 이틀 가서 번개 같이 빠른 세월

아들아
가는 세월을
묶어 두고 싶구나.

맹귀우목* 어렵지만 부자상봉 더 어렵다
이 어려운 인연 맺어 이생에서 만났는데

아들아
뿌리를 위해
물을 자주 주거라.

흥청망청 세월가면 호호백발 금방 온다
늙어서 후회 한들 지난 세월 어이 하랴

아들아
이 애비 소원을
하 세월에 알려느냐.

자시 자고 인시 기상 하루일과 시작해서
정신 차려 일을 하고 삼시 삼식 꼭 지켜서

아들아
신발 끈 조여 메고
먼 길 가기 바란다.

* 맹귀우목盲龜遇木 : 열반경에 있는 이야기, 목숨을 헤아릴 수 없을 만큼 오래
  산 눈먼 거북이가, 바다 가운데 있으면서 백년마다 한 번씩 물위로 올라와 숨
  을 쉬는데 그때 구멍 뚫린 나무토막을 만나야만 그 구멍에 머리를 들이밀고
  숨을 쉴 수 있다는 것.

자식 사랑 2.

아기가 아파하면
부모 먼저 아파하고

아이가 괴로우면
부모 눈에 눈물 난다

사랑은
내리 사랑이여
물이 내리 흐르듯.

천신만고 키워주면
부모는 나 몰라라

저 혼자 큰 줄 알고
부모박대 웬 말이냐

송아지
찾아 헤매는
어미 소의 절규를 봐라.

어머님의 냄새

애호박 썰어 넣고 소금치고 멸치 넣고

마늘 고추 다져 넣고 은근히 끓이는데

어머님
바라보시던
노을 냄세 함께 나네.

아버지

산골마을 백발노인
해바라기 하고 있다

경운기를 몰고 가는
그 아들도 백발이네

싫어도
쓰고 다니는
노인들의 특권인가.

석양 빛 쟁기질에
허리 굽은 저 노인

반세기 전 작고하신
선친님이 생각난다

저 세상
가시어서도
놓지 못할 쟁기질.

어머님

비가 오나 눈이 오나
이른 새벽 일어나서

장독대 칠성단에
정화수 떠다 놓고

사랑의
눈물 섞어서
빌고 빌던 어머님.

지난해 초목들은
올해 다시 푸르건만

한번가신 우리 부모
보고파도 못 오시네

보름 달
떠오를 때면
떠오르는 어머님.

정해(丁亥)년을 보내면서

오는 사람 가는 사람
밝은 표정 건강한 몸
늙어서 병이 드니 건강 할 때 그립 구나
머리에
덮인 흰 눈은
녹을 줄도 모르고.

젊어서 팔팔할 땐
멋모르고 살았더니
이제와 돌아보니 헛된 생활 후회난다
무뎌진
낫을 갈아서
땔나무 하러가자.

칠십 평생 그 세월이
잠시잠깐 꿈인 것을
부처님께 귀의한 후 이제야 깨쳤구나
텃밭을

새로 일구어
과일나무 심어보자.

남은여생 몇 년일지
어떻게 알라마는
촌음을 아껴 쓰는 마음으로 살아 보리
새 아침
인경 소리가
먼대서 들려오네.

무자년(戊子年) 원단(元旦)의 기원(祈願)

새벽은 고요하게
나무 끝에 잠이 들고

은빛 나래 어둠타고 꿈을 싣고 오신 천사

웃음도
가져 오시고
사랑도 속삭여 주고.

파란 눈물 처마 끝에
수염으로 드리우고

초록의 긴긴 꿈을 곱씹던 섦은 세월

이제는
아침 햇살 되어
온 누리에 반짝인다.

은세계 끝자락에
고이고이 묻어 뒀던

그 꿈이 거목되어 천지를 뒤 덮을 때

먼데서
전하는 복음이
우리 가슴 적신다.

자화상

인생살이 칠십 평생
왜 이리 처량 헌고

창공 나는 저 기러기
무슨 근심 그리 많아

이 밤도
저리 슬프게
하늘 찢는 울음소리.

제4부

배꽃 편지

순백의
사랑을 한다고
곱게 접어 보내었네.

꿀벌 장군의 묘기

장백산에 꿀벌 장군
묘기지휘 능란하고

꿀벌들은 장군 명령 어김없이 수행 한다

백두산
장군봉처럼
하늘로 치솟는다.

충장로에서

1.거지 장애자
이런 사람 저런 사람
많고도 많은 사람

저 거지 무슨 죄로
땅 바닥만 기는 건가

바로 앞
나뭇가지엔
벌레 하나
기어가고.

2.양심
젊은 숙녀 모르는 체
고개 돌린 만원 버스

중년의 신사양반
병자에게 자리 양보

하늘이
명하는 대로
바른 길을
가야지.

부정부패

모두가 싫어해도
아편되어 숨어들고

없애고 파헤쳐도
생쥐처럼 파고들어

놀고도
일확천금하는
마술사의 더러운 손.

민초들이 증오하는
없애야 할 존재들

가방 끈 길다 면서
우쭐대는 머리통에

탐욕만
가득 채워서
눈이 먼 장님인가.

송강정*(松江亭)

문인 회원 모여 앉아
이야기 꽃 피우고

송강정 솔바람도
지나다가 끼어 든다

체증이
풀릴 것 같은
송강의 노래 가락.

* 송강정 : 1585년(선조18년) 전남 화순군 고서면 원강리에 송강 정철이 세운
  정자

환경오염

청산이 굽이굽이
솜털 감아 치유하고

유수는 녹조현상
물고기 몸살 앓고

기괴한
괴물 바람이
삶의 터전 뭉개네.

바위가 땀 흘리고

엊 그제 다녔던 길
오늘 보니 생소 하네

바위가 땀 흘리고
청송은 소리 치네

세월호
참사 같은 일
예비하라 하더라.

풍년2

건너편 저 저수지
넘실넘실 웃음 짓고

깊은 산 푸른 솔은
어깨춤 추고 있다

눈앞의
황금벌판이
바다처럼 펼쳐졌네.

그리운 이산가족

건 너 산 너머 너머
겹친 산 또 너머서

아련한 그 곳에는
토끼 가족 산다는데

그 언제
내 혈육 만날 꼬
가슴에서 불이 인다.

주식 놀이

아스라 한 절벽위의
잔 솔 가지 붙잡고서

색안경 끼고 보니
황금잉어 뛰어 논다

복덩이
황금잉어를
잡는 이는 누구일까.

산 촌

푸른산 골짝 마다
농부한이 서려있다

화전민 살던 터전
일구고 또 일궈서

농사를
짓는다 해도
가난 귀신 어쩌나.

앞좌석

버스타고
앞좌석에
앉아 가니 다 보인다

좌우 양옆 산천경계 내 눈 안에 들어온다

한 치 앞
일어날 일은
안 들어오니 어쩌나.

마음이
눈 감으면
죽은 거나 마찬가지
먼 산도 시냇물도 마음타고 들어오면

전생의
모습까지도
마음눈에 들어온다.

달리는
자동차도
곧게 뻗은 신작로도

어머님의 살아생전 진달래 동산에서

천지가
개벽된 세상
앞좌석이 보여준다.

배꽃 편지

뜰 앞에 백년 묵은
배나무 한 그루가

올해도 변함없이
꽃잎으로 보낸 편지

순백의
사랑을 한다고
곱게 접어 보내었네.

밤이면 달님 만나
만단정회 나누다가

날이 새면 햇님 만나
뜨겁게 사랑하여

그 속에
태어난 속살을
아낌없이 베풀리.

선무랑 彦信 찬가

조상님의 음덕으로
성과 이름 받았으니
하늘보다 높은 은혜 어느 메에 비하오리
그 은혜
산 보다 높고
바다보다 넓으시고.

우리 일가 광산문중
언신 선조 뉘 이신고
이 분 어른 아니시면 이 몸이 있었을까
보이지
않는 끈으로
묶여있는 핏줄이여.

뿌리 없는 나무 없고
조상 없는 자손 없다
조상님이 내린 정기 우리들이 받들어서
큰 나무

만들 지이다
새들이 둥지트는.

추억의 7080*

광주시민 모여모여 잔치잔치 벌리네
호호백발 노인네가 청춘 되어 나타나니

아슴한
추억의 나라
드러나는 충장로.

7080 충장로는 벅적벅적 했었지
4050* 지난 지금 그리운 추억되어

오.일.팔.
정의의 함성
광주시민 혼이여!

조선 팔도 이 나라를 지켜냈던 무진주,
약무호남 시무국가 충무공의 그 심정은

광주를
피로 물들인
부릅 뜬 눈동자여!

세월은 흘렀어도, 열사님들 가셨어도
그 정신 그 의기는 갈수록 푸르러 진다

광주의
거룩한 피는
영원한 겨레의 등불.

* 7080 : 1970년대와 1980년대를 말함.
* 4050 : 2010년을 기준 나이로 40대와 50대를 말함.

콩 밭

덩그런 콩대더미 한 바다의 섬이런가
짙푸르게 물결치던 그 영화는 어디가고

온 밭에
홀로 남아서
외로운 성(城) 쌓았는가.

푸른 물결 출렁이던 두어 뙈기 콩잎세상
한 여름 그 때에는 부끄러움 없던 삶이

지금은
껍데기만 남아
주저앉을 것 같다.

비둘기 떼 떼꿩 친구 후여후여 쫓던 농부
풀 매주고 거름 주며 콩밭나라 살았는데

지금은
모두 떠나고
혼자사는 독거노인.

임자 없는 묘소

산새소리 처량한 인적 없는 깊은 산골
버려진 고아처럼 헐벗은 뉘의 무덤

밤이면
비명을 지른다
춥고 배 고프다고.

살아생전 살던 곳이 지척일까 천리일까
자손들은 어디가고 저리 홀로 누었는가

생전에
가난 했으면
죽어서도 가난한 건가.

하루 가고 이틀 가서 홍안이 백발 되어
북망산천 한번 가면 언제 다시 돌아 오리

살아서

아파트 살면

죽어서도 아파트 산다.

진도(珍島) 대야리 야학당

글은 무슨 시집가서 살림이나 하라 셔서
이름 석자 읽지 못한 칠십 평생 문맹이라

뒤 늦게
빛을 찾아서
만학도가 되었네.

린스와 샴푸마저 구분 못해 바꿔 쓰고
가짜라고 우겼지만 지난날의 그 글자가

지금은
다정한 친구
눈빛마저 새롭다.

하루 살다 가더라도 멋지게 살고 싶던
한평생 그 소원을 야학당이 풀어줬네

막힌 귀
열리게 되고
감은 눈 뜨게 됐네.

문학기행 낙수(落穗)

선녀화신 선화공주
서동이와 부부 맺고

신라 백제 두 나라를
극락정토 이루고져

익산 땅
미륵왕 되어
미륵시대 열어갔네.

2.
가람생가 주련문에
사계절이 스며 있고

연안이씨 비문에는
문성서기文星瑞氣 배어있어

생생히
살아 숨쉬는
가람 시조 가람 문선(文選).

3.
망한 나라 백성들은
서글프고 원통하다

당나라 소정방이
부린 만행 그 자취가

지워도
지울 수 없는
돌비에 새겨졌네.

감나무의 설날

일년 내내 일한 수확
주인에게 바쳐주고
잎사귀는 떨구어서
명년 식량 만들었다

모든 것
다 내어 주고도
남아 있는 여유로움.

욕심 없는 성인군자
어디에 있으리요
살다보면 지혜생겨
스스로 알아차려

자신의
분수에 맞게
살아가는 행복함.

아침햇살 찬란히
하늘에서 흩뿌리고
천사의 날개옷 입고
춤추면서 내리시는

을미년
서광(瑞光)의 빛을
듬뿍 받는 즐거움.

백학의 꿈

김장군 넋이 서린
충효동 가마터에

창공을 날던 백학
배회하며 살피다가

누리에
꿈을 펼쳐서
보금자리 틀었네.

병풍 속 잠든 학이
가마 품에 날아드니

창공 날던 그 모습이
더욱 더 영롱 쿠나

백학의
고고한 뜻을
영원토록 품은 곳.

병든 벼들의 고발

누렇게 익어가는
벼논에서 신음소리

며루 먹어 움쑥움쑥
검불되며 우는 소리

있어선
안 되는 소리
벌어지는 진풍경.

파랑새

청산 석산 웅덩이에
파랑새가 날아드네

산신령님 파발인가
흰구름의 조화인가

꿈에나
찾아오시는

님의 화신
아니신가.

인생 길2

인생살이 순간인데
모질게도 아득하네

고통 속에 모진 인생
무얼하려 살았더냐

자갈 밭
가시 밭 길에
가로 놓인 고개들.

흘러가는 세월 따라
물결처럼 가는 인생

언젠가는 가는 날이
올 것을 알았다면

부자는
아니 되어도
선업(善業)을 쌓을 것을.

무의탁 노인

차도 위를 기어가는 저 노인 신수보소
힘겨운 네 발걸음
내가 대신하고 싶네

가지는
다 잘려나가고
몸통만 남은 나무.

가다가 또, 가다가 지쳐서 쓰러진다
지쳐서 쓰러져도
끝없이 기어간다

쓰다가
버려진 폐품
거들 떠 보는 이 없네.

식목일

광복 후 칠십 년간
온 국민이 정성 모아

심고 또 가꾸어서
푸른 산 부자나라

식목일
나무 심는 것은
꿈을 심는 우리 미래.

세월호 참사

아들아 나오너라 웃으면서 나오너라
팽목항 앞바다에 가족들의 절규소리

그 소리
듣는 이 없네
하늘도 귀먹었네.

수 십길 바다속에 수장된 영령이여
우리가 죄인이요 온 국민 애도소리

나라가
뒤 흔들려도
달라진 게 없는 비극.

노란 리본 조문발길 전국에 물결치고
기약 없이 매달려서 메스컴도 울어 대는

세월호
침몰바람에
한국호도 침몰하네.

눈물 고개*

나라가 멸망되어
피난 가던 그 백성들

한 서린 피눈물이
구름되어 떠돌다가

원한의
눈물고개에
눈물비로 쏟아지네.

* 경상북도 고령군 지산동 고분군(순장묘를 비롯해 크고작은 200여기의 묘지)
  윗 800m 지점의 미숭산(734.5m) 우듬지에 있는 고개이며, 눈물고개라는 유
  래를 새긴 표지판이 있다.

분청사기

김장군* 넋이 서린 충효동 도요지에
푸른 꿈 불어 넣어 혼이 담긴 분청사기

시조를 짓는 것 같이
깃들어진 신비함.

충효동 분청사기 우주의 신비 품어
청룡과 백학무리 푸른 창공 품어 안은

조상의 무궁한 지혜
배어있는 시조 같다.

* 김장군 : 김덕령(1567~1596)의병장, 시호는 충장, 1592년(선조 25) 전주의
　광해 분조로 부터 호익장군의 호를 받았고, 곽재우와 함께 일본군이 가장 무
　서워하는 의병장이 되었다.
　이몽학과 내통했다는 신경행辛景行의 무고로 피체, 옥사獄死.
　1661년(현종2) 신원伸寃. 충장공을 모신 충장사 인근을 충효동으로 명명됨.

제5부

육신과 영혼

이 옷을
반야선 삼아
본 고향을 찾으리라.

육신과 영혼

이 옷을 벗는 그날 자유의 몸되리라
이 옷 입고 있는 지금 열성수행 하리라

이 옷을
반야선 삼아
본 고향을 찾으리라.

이 몸 이 옷 입었을 때 개으름을 피지말자
모든 것은 변한다, 이 옷을 벗기 전에

이 영혼
본 고향 찾아
참회 정진 하리라.

묘지 동네

묘지동네 문패들이
우뚝우뚝 서 있네

황천에도 모여사니
심심치는 않겠네

그 곳엔
무슨 재미로
살아가고 있는지.

개심사

이리 갈까 저리 갈까
마음잡던 개심사

일락산 줄기 따라
숨어들던 개심사

마음 문
크게 열어라
심심개심 아미타불.

하심(下心)

안 보이던 생명들이
엎디니까 보이네

고개 들면 안 보이다 숙이니까 보이네

하심의
동사섭행*은
스승중의 스승이네.

* 동사섭행(同事攝行) : 불보살이 중생을 교화하기 위하여 그들과 사업. 이익. 고
  락을 같이하고 길흉화복을 함께함으로써 진리의 길로 이끌어 들이는 행동과
  방법.

중생인연(衆生因緣)

호수의 물속에다
산천하늘 지어 놓고

환생한 물고기는
하늘 오르는 연습 한다

선한 일
많이 한 중생
인연 따라 가는 상천.

하늘다리*

송광사* 가는 길에
하늘 다리 걸려 있네

자연의 뜻 전해주는 중생들의 생명 줄

다르마*
반야심경을
끝도 없이 외우네.

* 하늘다리 : 서방정토 가는 길, 즉 성불에 이르는 길
* 송광사 : 전남 순천에 소재한 전국 5대 총림 중의 하나로 16국사를 배출한 숭보사찰 임.
* 다르마 : 법(法)즉 부처님의 가르침, 석존은 가문, 인습, 형이상학적 독단을 배격하고, 그 대신 마음가짐(불교는 마음공부)과 올바른 몸가짐에 의하여 인생에 질서를 주는 것으로 생각하였고, 그는 임종에 임하였을 때 "다르마(불경)를 등불로 삼고 수도의 길을 걸으라"고 제자들에게 가르쳤다.

극락교*

극락교에 앉았더니 흘러가는 물소리

그 물소리 들으면 사바티끌 사라진다

푸른 물
깊은 웅덩이는
원형이정 노래하고.

* 극락교 : 순천 송광사 입구의 다리; 사바세계에서 열반의 세계로 통한다는 통
  로를 상징하는 다리

신선

증심사 토끼등 밑
측백 숲에 모여 앉아

시담을 꽃 피우며
인생길을 빗댈 때에

좋은 시
쓰는 사람들
신선이라 칭한다네.

도선 국사

월출산 천황봉이
아슴히 보이는데

먹물장삼 걸친 스님
그 앞을 지나간다

스님이
천황봉이요
천황봉이 스님 아닌가.

두꺼비

색깔은 황금색에
목젓 줄 달삭임과

양쪽 눈 응시함이
옥황상제 여실 하네

중생들
인과업보를
헤아리는 그 눈동자.

행동이 점잖하고
성질내는 법이 없다
천상의 옥황상제
사신으로 하강하여

중생의
교훈되고자
모범을 보여주네.

인과 업보

낙지야 불쌍쿠나
너도 같은 생명인데

어쩌다가 불판에서
몸부림을 치느냐

전생에
무슨 죄 지어
이생에서 받는 거냐.

내가 키운 어미 소가
도살장에 끌려 가네

오장 육부 사지 헤친
육시 참사 못 보겠네

지난 날
내 뱉었던 말
싹이 터서 자라난다.

금오산 향일암

잠수해 들어가는 금거북 몸통 위에
향일암
원효대사 세운 뜻을 기리는데

그분의
목소리처럼
낭랑한 독경소리.

금오산 상상봉을 용용히 올라보니
금거북
바다 향해 잠수 하러 드는 모양

해뜨는
동녘 하늘을
바라보는 향일암.

부처님의 자비인가 손오공의 도술인가
능선 따라
솟구쳐서 금오 뫼 이룬 곳에

자리한
천년 고찰이
거북처럼 앉았다.

석굴암 가는 길

석굴암 가는 길에 가로등이 졸고 있다
솔 숲 사이 어두운 길
아름아름 보여준다

이렇게
한가하고도
평화로운 새벽 길.

토함산 중턱에서 설법하는 석가여래
억겁세월 쉬지 않고
중생구제 하시는 님

고요한
불국토에서
새벽잠도 잊으셨나.

해를 품어 토해내어 토함 석굴 이룬 곳에
억겁 세월 염불삼매
고해 중생 감응받아

성불의
열반환희에
사바세계 멀어졌네.

함월산 코스모스

코스모스 눈부시게
염화미소 수를 놓고
달의 정기 머금어서
골골 가득 품은 향기

그 향기
짙게 퍼져서
이루어진 불국토(佛國土).

서방정토 인도하는
산비탈의 코스모스
환하게 미소 지어
일체 중생 마중하여

그 웃음
선사 하신다
주시고도 기뻐하네.

효심의 향기 따라

인연 따라 맺고 지는
초로 같은 우리인생
한번 가신 이 시인님
다시 볼 수 없건마는

저 세상
가시어서도
시를 쓰고 계신지요.

살아생전 못 이루신
유고출판 한다하니
그대 따님 지극정성
만인 가슴 울립니다

따님의
향기 따라서
열반락을 누리소서.

구상나무 백골(白骨)

칼바람 눈비 속에
끝이 없는 그 욕망은
하늘 만나 전하려는
붉디붉은 그 소원

반야봉
꼭대기에서
수도하는 스님인가.

살아 천년 죽어 천년
그 소원만 빌고 빌며
죽어서도 우뚝 서서
백골되어 기도한다

천당에
가고 싶은가
극락에 가고 싶은가.

그 욕망 그 소원이
하늘까지 사무쳐서
등반 객 불러 모아
걸음 멈춰 서게 하니

오늘은
옥황상제님이
그 소원을 들어 줄까.

분수(噴水)

밤 인파 누비는데 물줄기 솟구친다
원대로 하늘까지
온갖 모습 자랑하며

치솟는
모습을 보면
용기 있는 사나이.

오가는 행렬 보며 이리저리 춤을 춘다
서로를 끌어안고
팽개치며 너붓댄다

춤추는
모습을 보면
무용하는 여학생.

오색 찬란 휘황하게 무지개 옷 차려입고
높게 낮게 둥글게
엇갈리며 솟는 자태

그 묘기
보기 위하여
구름도 모여드네.

세월

정원에 배나무가
새싹을 잉태했다

오늘은 어제보다 배가 더욱 부풀었다

오는 건
막지 못하고
가는 건 잡지 못하네.

세세연연 배동 꽃눈
왜 미처 몰랐던고

금년에도 어김없이 다시 잉태 했건마는

오로지
앞만 보고서
흘러가는 저 강물.

어린 시절 청명절기
온 세상이 황홀터니

백발 되어 오늘 보니 모두가 허황 쿠나

하늘엔
오색구름이
모였다가 흩어지고.

인생황혼

청산자락 외진 곳에
묘봉 들이 옹기종기
살아생전 가옥들이
저승으로 화했는가

인간사
이웃사촌이
형제되어 모여 있네.

가을 산이 겹겹으로 나를 품어 맞이하고
연지곤지 예쁜 산세 서너 발된 공중에는

무심한
구름조각들
모였다가 흩어지고.

은퇴 후 늙은 몸에
건망증이 엄습해도

지금 살다 죽는 것이
무엇인가 알고 파서
오늘도
행장 챙기고
밤 강의를 서두른다.

꽃과 벌

땅에 붙은 작은 꽃에
벌들이 분주하다

햇볕 한줌 받아먹고
제 집처럼 드나든다

제 할 일
알아서 하는
참봉댁의 상머슴.

안 보이던 작은 꽃도
마음 여니 보인다

그 꽃 찾아 헤매는
벌들이 자식 같다

제 갈 길
묵묵히 가는
우리 집의 기둥감.

설원(雪原)

동천에 밝은 태양
찬란하게 비춰 올 때
삿된 생각 삿된 마음
그 자취를 감추면서

부처님
자비 광명이
내 영혼을 일깨운다.

설원의 끝자락에
고이고이 감춰 있던
그 불심 퍼져퍼져
온 누리를 감쌀 때에

서로는
길 양보하고
남을 배려 해주고.

해 설

자연애와 인간애와 고향애의 시조정신

그의 작품적 특징을 보면
① 주제를 잘 살리고
② 어려운 말을 사용하지 않아
　이해하기 쉽고
③ 종장의 묘미를 잘 살려서
　시조다운 맛을 느끼게 하였다.

자연애와 인간애와 고향애의 시조정신

원용우(문학박사, 한국교원대 명예교수)

문학은 언어예술이다. 미술이 색채를 소재로 하고 음악이 소리를 소재로 하듯이 문학은 언어를 소재로 한 언어예술이다. 그래서 문학에서는 말을 잘 다루는 일이 급선무라고 하겠다. 말을 교묘하게 잘 다룬 작품은 우수한 작품이고, 말을 다루지 못해 산문 비슷하게 써 논 작품은 열등한 작품이다. 우리 시조시인들은 말 다루는 공부를 해야 한다. 말을 잘 다루는 사람을 예부터 '언어의 마술사'라고 했다. 얼마나 말 다루는 일이 중요한가를 실증해 주는 표어이다.

또한 시조가 시조다우려면 종장의 묘미를 잘 살려야 한다. 시조 삼장 중에서 초장은 기(起) 중장은 승(承) 종장 전구는 전(轉) 종장 후구는 결(結)의 구조로 이루어졌다. 정몽주의 시조를 예로 들어보자. 초장의 "이 몸이 주거주거 一百番 고쳐 주거"에서 시상을 일으키고(起), 중장의 "白骨이 塵土 되어 넉시라도 잇고 업고"에서는 초장의 시상을 그대로 이어받았다(承). 종장 전구의 "님 向한 一片丹心이야"에서는 초장이나 중장에서 하던 이야기와는 완전히 다르게 임금에 대한 충성심을 들고 나왔고 (轉), 종장 후구에서는 "가실 줄이 이시랴" 즉 '변할 리가 있겠는가'라고 하면서 결론을 맺었던 것이다(結). 이러한 기승전결의 구조를 무시하고 쓰면 3장 6구 12절의 형식에 글자 수는 맞는데도, 시조를 읽는 기분이 안 나고 자유시의 맛이 나서 자유시의 아류처럼 되어 버리는 것이다.

시조를 쓸 때 주의할 것은 설명을 하지 말라는 것이다. 초보자들은 그 대상이나 제목에 대하여 설명을 하는 예가 많다. 설명을 하지 말고 비유법을 쓸 것을 권한다. 시는 첫째도 비유 둘째도 비유 셋째도 비유이다. 사실 마음에 만족을 주는 작품을 읽어보면 모두 다 비유가 뛰어나다. 비유를 하지 않고 설명을 하게 되면 작품이 싱거워진다. 그러니 우리들은 비유법을 쓰도록 노력해야 될 것이다.

우선 이번에 창암 박상하 시인의 시조집 『배꽃 편지』 상재하는 것을 축하드린다. 그분의 작품을 이해하려면 그분의 작가적 전기를 알아두는 것이 좋다. 현대시로도 등단하고 시조로도 등단하였는데, 시는 문예시대 제45회 신인문학상으로 등단하였고, 시조는 월간 한국시(통권 230호) 신인문학상으로 등단하였다. 이처럼 등단의 절차를 마치었으니, 시집이나 시조집을 발간하는 것은 당연하다고 본다. 현재 사단법인 한국시조사랑 시인협회 부이사장 직을 맡으셨는데, 이 직책 때문에 서울 나들이가 잦은 것으로 안다. 그의 작품적 특징을 보면 ① 주제를 잘 살리고 ② 어려운 말을 사용하지 않아 이해하기 쉽고 ③ 종장의 묘미를 잘 살려서 시조다운 맛을 느끼게 하였다. 실제로 작품을 읽으면서 좋은 점을 찾아보고자 한다.

I. 자연 사랑의 정신이 함축된 작품

봄이 오면 유난이도 행복하게 보이는 산
꽃이란 꽃 나무나무 무도회에 나서는가
이제 막/ 장원급제한 / 도련님 보는 것 같다

-무등산 4계절, 봄

하늬바람 불어오니 무등산은 꽃단장
울긋불긋 물든 단풍 무지개로 단장하니
신께서/ 내리신 선물/ 알밤 튀어 나오고

-무등산 4계절, 가을

이 작품의 제목은 <무등산 4계절>이다. 그래서 봄, 여름, 가을, 겨울 4계절을 순서대로 노래하였다. 이처럼 4계절을 노래한 것에 윤선도의 <어부사시사>가 있다. 그렇다면 이 작품은 박상하의 <무등산 사시사>라 명명해도 좋을 것이다. 그러나 이글에서는 편의상 봄노래와 가을노래만 인용하였다. 먼저 봄노래를 보면 초장에서는 그 무등산을 '행복하게 보이는 산'이라고 하였다. 중장에서는 무등산의 꽃과 나무가 무도회에 나서는 것으로 보았다. 그만큼 꽃과 나무들이 즐거워하는 것처럼 보인다는 것이다. 초장에서는 행복해 보인다고 이야기했고, 중장에서는 즐거워 보인다고 했는데, 종장에서는 '장원급제한 도련님 같다'고 했으니, 아주 엉뚱한 이야기를 하고 있는 것이다. 이처럼 엉뚱한 소리를 잘해야 시조를 잘 썼다고 평가하니 이해가 잘 안 될지도 모른다. 사실 무등산과 장원급제는 아무런 상관성이 없다. 그런데도 그 무등산을 "이제 막/ 장원급제한 / 도련님 보는 것 같다."고 했던 것이다. 그러면 조선시대 어떤 선비가 장원급제한 것을 상상해 보자. 그 선비는 이 세상에서 가장 행복한 것 같고, 제일 잘난 것 같고, 앞길이 양양해서 희망에 부풀어 있을 것이다. 무등산을 그처럼 장원급제한 도련님에 비유했으니, 무등산이 제일 아름답고, 최고요, 잘났다는 것을 비유적으로 나타낸 것이다. 그런 점에서 이 작품을 <무등산 찬가>라 표현해도 좋을 것이다.

다음은 가을노래를 생각해볼 차례다. 초장에서는 "하늬바람 불어오니 무등산은 꽃단장"이라 하였다. 하늬바람은 서풍(西風)이니 가을바람을 의미한다. '꽃단장'은 아름답게 장식했다는 의미이다. 얼마나 아름다우면 '꽃단장'이란 표현을 썼을까? 중장에서도 무등산이 아름답다는 것을 강조한 것이다. '무지개로 단장한다.'는 말도 무지개처럼 아름답다는 것을 의미한다. 필자는 시조에서 엉뚱한 이야기를 잘해야 좋은 작품이라 생각한다. 그런데 가을노래의 종장에서도 엉뚱한 이야기를 하고 있는 것이다. 이제까지 '아름답다'는 이야기를 하던 것과는 달리 무등산의 밤나무 이야기를 하고 있는 것이다. 그 밤나무의 알밤이 터져 나오는 이야기를 하고 있는 것이다. 이러한 논조는 무등산에 밤나무가 많다는 뜻도 되겠고, 그 밤나무에서 알밤이 많이 생산된다는 뜻도 될 것이다. 이처럼 엉뚱한 이야기를 함으로써 독자들은 새로움을 느끼게 되고 일종의 충격을 받게 된다. 바로 이러한 시적 효과를 거두는 것이 시조의 멋이요 맛이라고 생각한다.

> 상상봉 바위 위의/ 모진 생명 / 나무뿌리
> 등산객의 발에 밟혀/ 반들반들/ 닳았는데
> 짓밟혀/ 숨이 막혀도/ 살아남은 우리 민족
>
> —용봉산 상봉의 나무, 전문

만경강 굽이굽이/ 뻗어가는 용틀임은
오곡백과 산천초목/ 품어 기른 어머니
끝없이/ 깊은 사랑은/ 깊이 모를 모정이여

－만경강, 제1수

　앞의 작품은 제목이 <용봉산 상봉의 나무>이다. 그런데 그 나무가 상
상봉 바위 위에 있다는 것이고, 모진 생명 나무 뿌리가 드러나 보인다는
것이다. 그 나무뿌리가 등산객의 발에 밟혀 반들반들 닳았다고 표현했으
니, 얼마나 고통스러울 까는 짐작이 가고도 남는다. 그런데 종장에서는
엉뚱한 이야기를 하고 있는 것이다. 나무 이야기는 어디로 가고 우리 민
족 이야기를 하고 있는 것이다. 그 나무는 "짓밟혀 숨이 막혀도 살아남은
우리 민족"과 같다는 이야기다. 나무뿌리는 짓밟혀서 반들반들 닳아버렸
고, 우리 민족은 외세의 압박으로 숨도 크게 못 쉬고 살았으니, 그 나무뿌
리의 처지와 우리 민족의 처지가 같다는 것이다. 그 나무뿌리를 우리 민
족에 비유한 것은 절묘한 발상이라고 생각한다.

　뒤의 작품은 제목이 <만경강>이다. 초장에서는 그 만경강이 장엄하
게 흘러가는 모습을 그리었다. 미술은 색채로 그림을 그리지만 시는 말
로 그림을 그리는 것이 특징이다. 만경강이 굽이굽이 용틀임을 하면서
흘러간다고 했으니, 그야말로 장관이라고 하겠다. 중장에서는 "오곡백
과 산천초목 / 품어 기른 어머니"라고 했는데, 오곡백과를 품어 기른 것
은 이해되지만 산천초목을 품어 기른 것은 이해되지 않는다. 어떻든 만
경강을 오곡백과를 품어 기르는 어머니에 비유했다. 그리고 종장에서는
만경강을 끝없이 깊은 사랑을 지닌 존재, 깊이 모를 모정을 지닌 존재라
고 표현하였다. 이런 것은 의인법을 써서 나타낸 것으로 이해된다. 이처

해설 ＊ 197

럼 사랑을 지닌 존재, 모정을 지닌 존재로 표현한 것은 대상을 새롭게 보고, 새롭게 해석하는 능력을 지녔기에 가능한 것이다. 다시 말해서 창암 박상하 시인의 시적인 능력과 시적인 안목을 보여준 좋은 예이다. 그리고 이 단락에서는 <무등산>, <용봉산>, <만경강>을 소재로 해서 쓴 작품들을 인용했는데, 그것은 박시인의 자연사랑 정신을 탐구하기 위하여 강이나 산을 예로 든 것이다.

Ⅱ. 인간 사랑의 정신이 함축된 작품

걸으면 앉고 싶고 앉으면 눕고 싶다
인생길 가다보면 높은 재도 많건마는
그 고개/ 다 넘었는데/ 흰 구름만 보이네.

— 인생무상, 전문

억겁의 인연 따라 부부가 되었네
두 몸이 한배 타고 세파를 헤쳐 가네
한 마음 / 등불을 켜서/ 서로를 비춰주네.

— 부부, 전문

앞의 작품은 제목이 <인생무상>이다. 이 작품의 주제도 인생무상이라고 보아야 한다. 초장에서는 "걸으면 앉고 싶고 앉으면 눕고 싶다"는 표현을 하였다. 이것은 나이를 너무 먹고 몸이 피곤했을 때 자연적으로 오는 현상이다. 나이 70대 80대들에게 이런 현상이 자주 나타난다. 한마디로 '늙었다'는 말을 이처럼 빗대어 표현한 것 같다. 시는 이처럼 빗대어 표현하는 데에 묘미가 있는 것이다. 중장에서는 인생길이 힘들다는 것을 간접적으로 표현하였다. 높은 재가 많다는 것은 인생길이 힘들다는 것을 의미한다. 어떤 이는 인생길을 가시밭 길, 자갈밭 길에 빗대어 표현하였다. 우리가 고개를 올라갈 때에 얼마나 힘이 드는가? 그런데 그 힘든 고개가 많다고 하였으니, 사람 살기 쉽지 않다는 것을 의미해 주는 것이다. 그런데 종장에서는 "그 고개 / 다 넘었는데/ 흰 구름만 보인다."라고 하였다. 고개를 다 넘었다는 것은 인생 다 살아서 죽을 날이 멀지 않았다는 이야기다. '흰 구름만 보인다.'는 것은 허무하다는 의미이다. 그래서 예의 작품 주제를 '인생무상'이라 했던 것이다.

　뒤의 작품 제목은 <부부>이고 주제는 부부가 합심하고 상대방을 위하여 살라는 것이다. 초장에서는 "억겁의 인연 따라 부부가 되었네."라고 하였다. 우리들은 부부가 되는 것을 천생연분, 천정배필, 부부일심동체라는 말을 사용한다. 또 전생에 인연이 있어서 이생에서 부부가 되었다고도 한다. 그런데 박시인은 억겁의 인연이 있어서 부부가 되었다고 하였다. 이것은 우연(偶然)이 아니라 필연이란 뜻이다. 억겁의 인연으로 만났으면 상대방을 위하고 위하여 사는 수밖에 없는 것이다. 중장에서는 부부 관계를 한배 탄 것에 비유하였다. 같은 배 탔으니 공동운명체다. 살아도 같이 살고 죽어도 같이 죽게 되어 있는 것이다. 그리고 종장에서는 "한 마음/ 등불을 켜서/ 서로를 비춰주네."라고 하였다. 한 마음으로 등불을 켰으니, 일심동체라는 말과 같다. 등불을 켜서 서로를 비춰주라고 하였으니, 상대방이 잘되게 노력하라는 의미다. 아내는 남편이 잘되게 하고, 남편은 아내가 잘되게 하라는 의미다. 여기서 인용한 작품 <인생무상>, <부부> 등은 인간 사랑의 정신이 함축된 것을 예로 든 것이다.

혼자서 똑 바르게 / 홀로 서서 자랐을까
바람 불면 의지 없이/ 혼자서는 못 살리라
덩굴도/ 얽혀서 살고/ 뿌리도 얽혀 산다

─독불장군. 전문

기인 시간 끌어 바쳐/ 일궈 놓은 삶의 터전
부부 불화 못 견디고/ 가정파탄 웬 일이냐
바다를/ 저어 가던 배/ 두 동강이 났구나

─가정파탄을 보면서

　　앞의 작품은 제목이 <독불장군>이다. 독불장군은 '혼자의 힘으로는 도저히 할 수 없음'이란 뜻이다. 이 작품에는 '담양대나무 밭에서'라는 부제가 달려 있다. 이 작품은 우선 대나무를 두고서 읊은 시조다. 대나무는 혼자 외따로 살지는 못하고 군락(群落) 이루고서 산다. 이처럼 떼를 지어 모여 살기에 초장에서는 "혼자서 똑 바르게/ 홀로 서서 자랐을까"라고 하였던 것이다. 한마디로 홀로 서서 자랄 수 없다는 뜻이다. 서로 의지하고 협력하고 조화를 이루면서 살아야 하는 것이 대나무의 속성이다. 그래서 중장에서는 "바람 불면 의지 없이/ 혼자서는 못 살리라"라는 답을 내리었다. 종장에서는 대나무 이야기가 아니고 일반 식물의 이야기를 하는 것 같다. "덩굴도 얽혀서 살고/ 뿌리도 얽혀 산다."고 하였다. 이처럼 이리저리 서로 얽혀서 주고받으며 사는 것이 초목의 속성이다. 어디 초목뿐이겠는가? 인간도 부부관계든 부모자식 관계든 인연을 맺으면서 이리저리 얽혀서 살고 있는 것이다. '독불장군'은 없는 것이다.
　　뒤의 작품은 제목이 <가정파탄을 보면서>이다. 작품에 따라서는 그 제목이 작품의 주제가 될 수 있다. 위 작품은 제목 그대로 주제도 '가정파탄'이다. 요즘 시대가 혼란스럽고 윤리가 땅에 떨어져서 이혼하는 가정이 많다. 우리나라가 이혼율로 세계 제일이라는 이야기도 들었다. 심지어는 황혼이혼이란 말도 생겼다. 그러면 가정이란 무엇인가? 위 작품 초장에서는 가정을 "기인 시간 끌어 바쳐/ 일궈놓은 삶의 터전"이라고 하였다. 이혼은 그 삶의 터전이 파괴되는 것이다. 중장에서는 "부부불화 못 견디고/ 가정파탄 웬 일이냐"라고 한탄하였다. 그 외침 속에는 정말로 한심스럽고 안타깝다는 의미가 함축되어 있는 것이다. 이처럼 초장에서는 '삶의 터전' 이야기를 하고, 중장에서는 '가정파탄' 이야기를 하더니, 종장에서는 엉뚱한 이야기를 하고 있는 것이다. 앞에서도 언급했지만 엉뚱한 이야기를 잘해야 작품 잘 썼다는 평가를 받는다. 종장에서는 "바다를 저어가던 배/ 두 동강이 났구나."라고 했는데, 가정파탄을 배가 두 동강 난 것에 비유한 것이다. 이처럼 비유는 작품을 작품답게 해주는 윤활유요 활력소라고 생각한다. 시인의 눈이 '독불장군', '가정파탄'문제로 돌아간 것은 그만큼 인간 사랑의 정신이 특별하기 때문인 것으로 풀이된다.

Ⅲ. 고향 사랑의 정신이 함축된 작품

세월 가고 백발 돼도 변치 않은 마음 고향
바람서리 모질어도 포근하던 고향 땅은
세파의
모진 고통도
감싸주던 부모마음

　　　　　　　　　　　　　　　　　－고향 집에서, 제3수

기차 내려 버스 타고 걸어서 가는 길 위
한참을 산속으로 깊이깊이 들어갈 때
산새들

들려주시네
아름다운 청산별곡

                        -고향 찾아가는 길1, 제2수

   앞의 작품은 <고향 집에서>의 셋째 수를 인용한 것이다. 우리가 젊은 시절에 고향을 떠나면 그 고향을 그리워한다. 그러나 고향을 그리워하는 마음은 나이를 먹고 늙어서도 변하지 않는다는 것을 위의 작품은 말해주고 있다. 초장에서 자아는 "세월 가고 백발 돼도 변치 않은 마음 고향"이라 진술했기 때문이다. 그리고 중장에서는 그 고향에서 포근함을 느낀다고 하였다. 바람서리 모질어도 포근하던 고향 땅이라고 했기 때문이다. 그처럼 포근하다고 생각하기 때문에 누구나 고향을 그리워하고 가고 싶어 한다. 시조에 있어서 종장은 핵심문장이다. 주제가 주로 이 종장에 배치된다. 결론도 이 종장에서 말한다. 그러니까 "세파의/ 모진 고통도/ 감싸주던 부모마음"이란 문장은 이 작품의 결론이다. 자아가 진정으로 하고 싶었던 이야기가 바로 이 종장이다. 그래서 이 작품에서는 고향= 부모마음이란 등식이 성립된다. 다시 말해서 고향 땅은 부모와 같다는 것이다. 그런데 더 설명하면 사족이 되지 않겠는가.

   뒤의 작품 제목은 <고향 찾아가는 길1>이다. 그만큼 박시인은 고향의 노래에 방점(傍點)을 두고 있는 것이다. 그런데 그 고향은 산골 마을이라서 교통이 불편하다. 그러한 사실은 위 작품의 초장 "기차 내려 버스 타고 / 걸어서 가는 길 위"라는 문장이 확인시켜 준다. 그리고 중장에서는 "한참을 산속으로 깊이깊이 들어갈 때"라고 했는데, 이 문장은 초장보다는 종장에 깊이 연관되어 있다. 그처럼 산속으로 깊이 들어갈 때, 산새들이 청산별곡을 들려준다는 것이다. 청산별곡은 작자 연대 미상의 고려 속요이다. 전체가 8연으로 구성되었으며 각 연은 4구, 각 구의 음수율은

3· 3· 2조, 유음(流音)의 사용을 통하여 부드럽고 율동적인 느낌을 준다. 이 고려 <청산별곡>은 주제가 생의 고뇌를 노래했다고 한다. 그러나 박 시인의 작품에서는 <청산별곡>이란 말이 즐겁고 아름다운 노래란 의미로 쓰이었음을 밝혀둔다. 고향 찾아 산속으로 자꾸 들어가는데, 산새들이 즐겁고 아름다운 노래를 주인공에게 들려주었다는 뜻이다. 여기서는 고려의 노래 <청산별곡>과는 상관없이 사용되었음을 이해해 주시기 바란다.

> 살랑살랑 부는 바람/ 흰 구름 타고 가네
> 푸른 청산 넘고 넘는/ 고향 소식 궁금해
> 마음은/ 먼저 가 있어/ 문안인사 여쭙고
>
> —귀향, 전문

> 지난 해 초목들은/ 올해 다시 푸르건만
> 한번 가신 우리 부모/ 보고파도 못 오시네
> 보름달/ 떠오를 때면/ 떠오르는 어머님
>
> —어머님, 제2수

앞의 시조 제목은 <귀향>이다. 귀향은 고향으로 돌아간다는 뜻이다. 우리들이 귀향하고 싶은 것은 그 고향에 부모님이 계시기 때문이다. 아울러 조상의 묘소가 있기 때문이다. 고향을 찾아가는데 바람은 살랑살랑 불고, 흰 구름은 그 바람을 타고서 달려간다. 흰 구름은 시원하고 빠르게 고향을 향해서 달려가는데, 자아는 구름만큼 빨리 갈 수 없다. 교통체중이 걸렸는지도 모르겠고, 마음이 조급해서 더디게 간다고 생각할 수 있다. 어떻든 고향 가는 길은 순탄하지 않다. 푸른 청산을 넘고 넘어야 한다는 것은 고개를 여러 번 넘어야 한다는 뜻이다. 그래서 몸은 더디 가고 고향 소식은 궁금하다는 것이다. 종장에서는 "마음은/ 먼저 가 있어/ 문안 인사 여쭙는다."라고 하였다. 어디 문안인사 여쭙는 일에 만족하겠는가? 평소에 챙겨 드리지 못한 것들을 챙겨 드리는 효심(孝心)을 발휘했을 것 이다. 이 작품의 특징은 부자지간의 따스한 정이 내면에 흐르고 있음을 감지하게 된다는 점이다.

　뒤의 시조 제목은 <어머님>이다. 주제 또한 <어머님>이라 해도 좋 다. 더 구체적으로 이야기하면 '어머니가 보고 싶다'는 것이 주제이다. 그 래서 시조의 모든 행이 <어머님>이란 주제를 살리는데 이바지해야 한 다. 초장에서는 "지난 해 초목들은/ 올해 다시 푸르건만"이라고 하였다. 이것은 자연의 섭리이다. 초목은 잎이 다 떨어졌다가도 새봄이 오면 다 시 푸르러진다. 꽃도 피었다 떨어졌어도 이듬해 다시 핀다. 그런데 사람 만은 한번 돌아가시면 영영 돌아오지 못한다. 그래서 중장에서는 "한번 가신 우리 부모/ 보고파도 못 오시네"라 탄식했던 것이다. 이처럼 부모 이야기를 하다가 종장에서는 보름달 이야기로 넘어간다. 정말로 엉뚱한 이야기를 하고 있는 것이다. 이처럼 엉뚱한 이야기를 잘해야 시조를 잘 썼다고 평가한다. 그런 점에서 박시인의 이 작품은 잘 쓴 작품이다. 종장 에서는 "보름달/ 떠오를 때면/ 떠오르는 어머님"이라고 하였다. 즉 보름 달 = 어머님이 된 것이다. 어머님이 보름달이고 보름달이 어머니인 것이 다. 어머니를 보름달에 은유한 것이다.

Ⅳ. 불교적 인생관이 함축된 작품

이 옷을 벗는 그날 자유의 몸 되리라
이 옷 입고 있는 지금 열성 수행하리라
이 옷을
반야선 삼아
본 고향을 찾으리라.

－육신과 영혼, 제1수

송광사 가는 길에/ 하늘 다리 걸려 있네
자연의 뜻 전해주는 중생들의 생명 줄
다르마
반야심경을
끝도 없이 외우네.

－하늘 다리, 전문

사람은 종교에 따라서 인생관이 달라진다. 박시인은 독실한 불교 신자
이시다. 불교를 전도하는 포교사(布敎師)이시다. 그러니 그의 작품 속에
불교적 인생관이나 불교용어가 들어가는 것은 자연스런 현상이다. 이 작
품의 제목은 <육신과 영혼>인데, 육신은 우리들이 잠시 입고 있는 옷과
같다. 초장에서는 "이 옷을 벗는 그날 자유의 몸 되리라"라고 하였다. 이
옷을 벗는다는 것은 직설적으로 말하면 죽는 것이다. 불교에서는 사람이
죽으면 극락왕생한다고 하는데, 그러면 자유의 몸이 될 것이다. 육신의
속박에서 벗어나니 자유의 몸이 된다고 이야기할 수 있다. 중장에서는
열심히 불도를 닦겠다고 하였다. '열성수행 하리라'는 열심히 공부하고
몸과 마음을 닦아 정진하겠다는 의미로 받아들여진다. 대개 결론이나 주

제는 종장에 있으니, "이 옷을/ 반야선 삼아/ 본 고향을 찾으리라"는 이 작품의 주제이다. 그러면 '반야'란 무슨 뜻인가? 반야(般若)는 혜(慧)·명(明)·지혜(知慧)라 번역한다. 이치에 계합한 최상의 지혜란 뜻이다. 반야를 얻어야 성불하며, 반야를 얻은 이는 부처님이다. 그리고 이 반야는 중생을 교화하는 힘을 가지고 있는 것이 특색이다. 종장에서 이 옷을 반야선 삼아 본 고향을 찾겠다고 하였으니, 처음에 영혼이 왔던 곳으로 다시 찾아가겠다는 의지를 나타낸 것이다.

뒤의 작품 제목은 <하늘 다리>이다. 글자 그대로 풀이해도 하늘 즉 천국을 갈 때 건너야 하는 다리인 것이다. 불교에서 이 다리는 서방정토로 가는 길이요, 성불에 이르는 길이라고 한다. 그런데 이 작품의 초장을 보면 "송광사 가는 길에/ 하늘 다리 걸려 있네."라고 하였다. 송광사는 전남 순천에 있는 사찰로 전국 5대 총림 중의 하나라는 것이다. 16국사를 배출하였으니 유명한 사찰임에 틀림없다. 송광사가 그처럼 유명한 사찰이니, 그 가는 길에 '하늘 다리'가 걸려있다는 것도 충분히 이해된다. 그런데 중장에서는 "자연의 뜻 전해주는 중생들의 생명줄"이라고 하였다. 여기서 '자연의 뜻'은 하늘의 뜻, 창조주의 뜻, 부처님의 뜻, 우주마음의 뜻 등 여러 가지 해석이 가능하다. 그 하늘 다리가 중생들의 생명줄이라 하였으니, 절대적인 가치를 지닌 존재라고 하겠다. 그러기에 자아는 언젠가는 이 '하늘 다리'를 건너 극락에 이르러야 할 것이다. 그러기 위해서는 더 열심히 불교에 정진하는 수밖에 없다. 그래서 이 작품의 종장에서 "다르마/ 반야심경을/ 끝도 없이 외우네."라고 했던 것이다. 그 하늘 다리를 건너기 위해서는 다르마 반야심경을 끝없이 외워야 한다는 것이다. 이러한 작품을 통해서 보면 박시인이 얼마나 불교에 심취하고 빠져 있는지 증명이 되고도 남는다.

내가 키운 어미 소가 / 도살장에 끌려가네
오장육부 사지 혜친/ 육시 참사 못 보겠네
지난 날/ 내 뱉었던 말/ 싹이 터서 자라난다.
-인과업보, 제2수

코스모스 눈부시게/ 염화미소 수를 놓고
달의 정기 머금어서/ 골골 가득 품은 향기
그 향기/ 짙게 퍼져서/ 이루어진 불국토(佛國土)
-함월산 코스모스

앞의 작품 제목은 <인과업보>이다. 인과업보는 인과응보라고도 하는데, 사람이 과거에 지은 인업의 선악에 따라서 업보를 받는다는 뜻이다. 초장에서는 "내가 키운 어미소가 / 도살장에 끌려가네."라고 했는데, 그것도 인과업보의 결과라는 것이다. 과거에 그럴만한 원인이 있었으니까 그러한 결과를 가져왔을 것이란 이야기다. 불교에서는 살생을 금하는 것으로 아는데, 이렇게 소를 잡는 것은 큰 죄를 짓는 것이다. 중장에서는 도살장에서 소를 잡아 처참해진 모습을 그린 것이다. 오장육부와 사지가 헤쳐졌고, 육시 참사한 모습이 눈 뜨고는 못 볼 지경이란 것이다. 그런데 종장에서는 아주 엉뚱한 이야기를 한다. 지금까지는 소 잡는 이야기를 주로 했는데, 종장에서는 '말'에 대한 이야기를 하고 있는 것이다. "지난 날 / 내뱉었던 말/ 싹이 터서 자란다."라고 했는데, 이거야말로 인과업보를 간접적으로 빗대어 표현한 것이다. 지난 날 선한 말을 했으면 선한 싹이 터서 자랄 것이고, 지난 날 악한 말을 했으면 악한 싹이 터서 자랄 것이다. 이 작품은 우리들에게 참 교훈을 주고 깨달음을 주는 좋은 작품이라 생각된다.

뒤의 작품 제목은 <함월산 코스모스>이다. 함월산은 경주에 있으며 불교 유적이 많이 있다. 그러나 이 작품에서는 코스모스에 초점을 맞추어 형상화 하고 있다. 얼마나 코스모스가 아름다웠으면 "코스모스 눈부시게/ 염화미소 수를 놓고"라 표현했을까? 염화미소는 선종에서 선(禪)의 기원을 설명하기 위하여 예로부터 전해오는 이야기다. 석존이 어느 때 영산회상(靈山會上)에서 법좌에 올라 한 송이 꽃을 들고서 말없이 대중을 보았다. 아무도 여기에 응하는 이가 없었고 마하가섭만이 부처님의 참뜻을 깨닫고 미소지었다. 이 이야기는 선종이 융성하던 당시에 다른 종의 교판(敎判)과 교증(敎證)에 대항하기 위하여 만든 것으로서 이심전심(以心傳心)의 뜻을 충분히 표현한 것이다. 그러니까 초장에서는 코스모스가 환하게 핀 것을 염화미소에 비유하였다. 그런데 중장에서는 달의 정기를 머금어서 골짜기마다 향기를 가득 품었다고 하였다. 눈부시게 꽃이 피고 골짜기마다 향기를 가득 품었으니 얼마나 아름다운 정경인가? 종장에서는 바로 앞에 나오는 향기를 이어받아서 시상을 전개하였다. "그 향기/ 짙게 퍼져서 / 이루어진 불국토"라 했던 것이다. 불국토는 부처가 있는 나라 즉 극락정토이다. 한마디로 경주의 함월산을 극락정토라 본 것이다. 그것은 박상하 시인이 세계를 긍정적으로 보는 긍정적 인생관을 가졌기에 가능한 것이다.

지금까지 창암 박상하 시인의 작품집 『배꽃 편지』를 자세히 살펴보았다. 이 책을 효과적으로 읽기 위하여 4부로 나누었는데, 그것들을 소재에 따라 Ⅰ. 자연 사랑의 정신이 함축된 작품, Ⅱ. 인간 사랑의 정신이 함축된 작품, Ⅲ. 고향 사랑의 정신이 함축된 작품, Ⅳ. 불교적 인생관이 함축된 작품 등으로 분류하였다. 역학을 하는 이들은 이 우주를 천지인 삼재설로 나눈다. 그러나 시인은 자연과 인간으로 나누어서 시적 소재로 삼는다. 박시인의 작품세계를 요약해서 이야기하면 자연 사랑, 인간 사랑,

고향 사랑, 불교 사랑이다. 이처럼 시인의 가슴 속에는 사랑이라는 감정이 깊숙이 자리 잡고 있는 것이다.

  필자는 그의 작품을 읽으면서 많은 것들을 느끼었다. 첫째 그는 긍정적 인생관을 지니고 있었다. 부정하거나 불평하지 않았다. 둘째 시조의 틀을 잘 지킨 정형의 시인이다. 자유시 비슷한 시조가 판치는 세상에 전통을 고수한다는 것은 어려운 일이다. 시류에 편승하지 않고 자기 나름의 주관을 갖고 시조를 썼다. 셋째 독자를 많이 배려하였다. 요즘 무슨 의미인지도 모르게 쓴 난해시들이 독자를 괴롭히는데, 박상하의 시조는 평이한 가운데 비범함을 보여주었다. 넷째 주제를 잘 살리고, 다섯째 종장의 묘미를 살려서 시조다운 맛을 느끼게 했다. 한마디로 그는 꼼수를 부리지 않고 정도(正道)를 가는 시인이라 하겠다. 앞으로 더욱 정진해서 시조발전에 이바지해 주시기 바란다.

박 상 하

◆ 일반경력

* 1938(戊寅)년 음력 3월 8일 未時(미시)광주광역시 광산구 고룡동 645 번지에서 태어남.
* 국민학교 입학 전 4년간 漢學修學
* 임곡 국민학교 6년 졸업
* 임곡중학교 3년 졸업
* 광주 사범학교 3년 졸업
* 방송통신 대학교 2년 과정수료 및 5년 과정졸업
* 國立, 전남대학교 교육대학원 졸업 (교육학 석사학위 취득)
* 교장정년 퇴임 (軍 경력 34개월 포함, 교직경력 44년 11개월)
* 호＝창암(蒼巖) 藝호;석하(夕霞) /시인(詩人) 포교사(布敎師)
* 우수선수 발굴 및 成果擧揚功勞로, 대한민국교육사절단으로 무상 해외순방 (1984년부터 1992까지 3회 連 47일간)
* 육상1급, 태권도, 체조, 수영, 핸드볼, 축구 등 6종의 심판자격증 취득
* 전국 현장 연구교사 발표대회에서 푸른기장증 받음
* 도 단위 현장연구교사 연구발표대회에서 1등급 5회 수상
* 특수교사 자격증 외 초, 중등교사자격증 5종 등 8종목 교원자격취득.
* 전국밀양박씨 난계파 종친회 수석감사 및 同 광주.전남 종친회 현 회장 10년째.
* 대한민국 황조근정 훈장증 외 상록수교사상등 37회 수상.
* 재직중 상록수교사로 선정되었던 美談事例가 일간지에 기사화 3회.
* 포교사로서 포교원장상 2회 수상
* 광주불교 문화대학 14기 회장 및 총동창회 회장 역임.
* 전;전국불교 산악인연합회 광주불교산악회회장(현: 고문)

* 전; 광주전남 사암연합회 회원
* 현; 전남대학교 총동창회 부회장 12년 째
* 전; 광주 전남불교신도회 부회장

◆ 文壇경력
* 문예시대 제45회 신인문학상 당선(자유시 등단)
* 월간 韓國詩(통권 230호)신인문학상당선(時調 시 등단)
* 전남대학교 문창반(기초 및 심화과정) 4년 수료
* 현; 호남 시조 문학회 부회장
* 현; 광주광역시 시인협회 진흥위원
* 현; 지역문학 전국시도문학인 교류대회(대한민국 문학메카)행사추진
　위원 * 현; 여강시가회 회원
* 현; 사단법인; 한국시조사랑 시인협회 부 이사장
* 현; 사단법인; 한국시조사랑 시인협회 광주 전라지부장
* 현; 동천 문학회 고문
* 전; 백호문학 및 나주문학동호인
* 전; 무등문학회 회원
* 현; 전국불교 문인협회 광주, 전남지회 회원
* 전; 서은문학회 고문
* 현; 전남 곡성문학회 회원
* 전; 문학을 사랑하는 사람들(문사사) 회원
◆ 일터; 전남 나주시 노안면 건재로 514-4(학산리)
◆ 삶터;광주시 북구 무등로 39번길7
◆ Tel) 062-521-6173/ hp) 010-8618-9239
　/E-mail; changam@hanmail.net

▶ (사단법인) 한국시조사랑 시인협회와 중국길림사범대학 간에 국제 교류 협정을 맺은 결과 2015년 6월 5일 길림사범대학 방문 기념사진임.

* 오른쪽부터 : 길림사범대 측 교류 실무 교수, 장희구 시조 세계화 연구소 소장, 박상하 부이사장, 원용우 명예이사장, 길림사범대 총장, 이광녕 이사장, 길림사범대 교류 실무자, 문복선 부이사장, 김홍렬 부이사장, 김윤숭 부이사장, 이명권 길림사범대 교수(길림사범대 측 시조세계화 교류 소장).

배꽃 편지

초판 1쇄 인쇄일	2015년 10월 26일
초판 1쇄 발행일	2015년 10월 27일

지은이	박상하
펴낸이	정진이
편집장	김효은
편집/디자인	김진솔 우정민 박재원
마케팅	정찬용 정구형
영업관리	한선희 이선건 최재영
책임편집	김진솔
인쇄처	월드문화사
펴낸곳	국학자료원 새미(주)

등록일 2005 03 15 제25100-2005-000008호
서울특별시 강동구 성안로 13 (성내동, 현영빌딩 2층)
Tel 442-4623 Fax 6499-3082
www.kookhak.co.kr
kookhak2001@hanmail.net

ISBN	979-11-86478-50-9 *03800
가격	14,000원

* 저자와의 협의하에 인지는 생략합니다.
  잘못된 책은 구입하신 곳에서 교환하여 드립니다.
  국학자료원 · 새미 · 북치는마을 · LIE는 국학자료원 새미(주)의 브랜드입니다.